ALS WIR NOCH KEINE SCHATTEN HATTEN

Aus dem Tagebuch eines Ungeborenen

Das Buch

Ausgehend von der bislang nicht bewiesenen Nichtexistenz dieser Aufzeichnungen eines Ungeborenen ist es nunmehr gelungen, eine Deutung von Spuren, Zeichnungen sowie Hand- und Fußabdrücken vorzunehmen. In Ergänzung kleinstkindlicher Gedächtnisprotokolle geben sie Auskunft über den Ursprung des Seins und zählen daher zu den frühesten Zeugnissen der menschlichen Entwicklung. Der Fantasie sei Dank.

Der Autor

Der Autor (Bent M. Scharfenberg, geb. 1968 in Berlin, Dipl.-Kfm.) zieht die Spur seines Lebens. Er sammelt Eindrücke, Gedanken und alte Handschriften. Hin und wieder steckt er sie in ein Buch. Was bleibt sind Fragen. Zeichen? Fragezeichen zunächst ...

Einen Verweis auf weitere vom Autoren
herausgegebene Bücher finden Sie
am Ende des Buches.

Bent M. Scharfenberg

ALS WIR NOCH KEINE SCHATTEN HATTEN

Aus dem Tagebuch eines Ungeborenen

ISBN 3-8330-0721-4

Inhaltsverzeichnis

Vorwort des Herausgebers

Ausgehend von der bislang nicht bewiesenen Nichtexistenz dieser Aufzeichnungen eines Ungeborenen ist es nunmehr gelungen, eine Deutung von Spuren, Zeichnungen sowie Hand- und Fußabdrücken vorzunehmen. In Ergänzung kleinstkindlicher Gedächtnisprotokolle geben sie Auskunft über den Ursprung des Seins und zählen daher zu den frühesten Zeugnissen der menschlichen Entwicklung. Der Fantasie sei Dank.

Ich bin doch nicht aus Muttis Bauch geschlüpft, um anderen wieder in den Po zu krabbeln! Auch euch nicht.

Von der Begrüßung, dem Anfang und vom Anpieken

Gruß zuvor und gleich noch 'ne organisatorische Anmerkung dazu: Nehmt's mir bitte nicht allzu doll übel, dass ich euch mit „ihr" und „euch" anrede. Klar weiß ich, dass wir alle ganz viele „ich's" und „du's" sind, aber ich kann ja nicht jeden persönlich anpieken. Zumal ich es auch schöner finde, wenn ihr nicht nur Frauen und Herren Sowieso seid, sondern auch ein bisschen „wir". Und auch, wenn wir alle schon selbst einen Anfang haben, muss jetzt nochmal einer gemacht werden ...

Von Fischen und dem sonderbaren Abhandenkommen der Vollkommenheit

Wir waren alle einmal kleine Fische. Schwerelos bestaunten wir unser Universum. Und wir fühlten eine unermessliche Vollkommenheit. Kaum einer erinnert sich noch daran. Vielleicht ist es einfach schon zu lange her. Wenn man immer nur an heute und morgen denkt, verliert man wohl den Blick auf das, was mal war. Das nennt man dann ein Leben führen oder schlimmer noch, Karriere machen. Aber das wusste ich damals noch nicht, so habe ich mir eben Gedanken gemacht.

Einen davon möchte ich euch gleich mal schenken. Die Vollkommenheit müßt ihr zu allererst in euch selbst suchen. Wenn sie dort schon nicht ist, könnt ihr sie auch nicht woanders finden. Sie wäre ja nicht vollkommen, wenn sie nicht überall wäre. Aber wahrscheinlich ist sie nur ein Trick, um uns bei Laune zu halten. Jedenfalls war sie irgendwann verschwunden, ganz ohne sich zu verabschieden. Wie man sich doch täuschen kann.

Von Gedanken, Krümeln und einem großen Räderwerk

Wer weiß, was noch so alles verschwunden wäre, wenn ich nicht irgendwann angefangen hätte, ein Tagebuch zu führen. Da können die Gedanken und Erinnerungen nochmal Halt machen bevor sie in die Ferne entgleiten. Nun ja, Tagebuch ist vielleicht nicht ganz das richtige Wort für das, was ich so aufgeschrieben habe. Ich hatte nicht das Zeitgefühl, wie ihr es kennt und auch waren meine Laute nicht eure Worte. Das alles kam erst später.

Doch vorher war ja auch schon was. Das war zu einer Zeit, als ich noch Zellkrümel und nicht

Zahnrad war. Zugegeben, der Vergleich klingt seltsam, ich bin auch erst später drüber gestolpert. Aber wenn man erstmal Zähne hat, dann dauert es nicht lange, bis an einem hin und her gezogen wird, damit man letztlich dahin passt, wo man vielleicht gar nicht hin wollte. Das nennt man den Platz in der Gesellschaft und wer dort nicht rein passt, der ist ungezogen.

Die Gesellschaft müßt ihr euch wie ein großes Räderwerk vorstellen und weil man sich seine Gesellschaft nicht immer so aussuchen kann, wie man es gerne möchte, hat nicht jeder sie zum Freund. Wie dem auch sei, ich hatte ja noch gar keine Zähne. Genau genommen wusste ich nicht einmal, dass man sie irgendwann mal brauchen würde, um sie anderen zu zeigen. Fragt mich bloß nicht warum.

Von der Rolle der Bedeutung und von einer günstigen Gelegenheit

Für mich jedenfalls war die Welt kullerrund. Wenn ich auch eingesperrt war, so habe ich das nicht als unangenehm empfunden. Keiner konnte an mich ran und ich durfte mich ganz mir selbst hingeben. Viele glauben, der Egoismus sei angeboren. Aber das stimmt nicht, der ist schon vorher da. Ausschlafen, faulenzen, träumen und nicht an morgen denken. Wie auch, Zeit hatte keine Bedeutung und spielte keine Rolle. Sie war einfach da. Dann war sie wieder weg und doch war schon wieder neue Zeit da. Sie war so schnell weg und wieder da, dass ich's gar nicht gemerkt habe. Für mich war sie immer da. Und ich für sie, denn irgendwie waren wir ja miteinander verbunden, Tag und Nacht, oder wie ich es damals noch empfand, Hell und Dunkel. Allzu viel kriegt man ja nicht mit von draußen, in so einem Bauch. Aber ich glaube, man hat wohl auch nie wieder so eine Gelegenheit, sich ungestört mit sich selbst zu beschäftigen.

Von vorn & hinten, oben & unten, aber auch von drunter und drüber

Es ist fast so, als hätte man das Universum ganz für sich allein und das Universum hätte nichts als einen selbst. Zugegeben, das Universum war wohl vor mir da. Keine Ahnung, wie es sich vorgedrängelt hat. Wenn man selbst später dran ist, dann wurmt es einen schon ein bisschen, wenn ein anderer schneller war. Ist man vorn, dann scheint es ganz egal zu sein, was hinter einem ist.

Immerhin ist es ein gutes Gefühl, zu wissen, dass, wenn man glaubt, alles sei schon da, immer

16

noch was Neues entstehen kann. Und ob man vorn oder hinten ist, dessen sollte man sich nie so recht sicher sein. Das kommt ganz darauf an, von wo aus man die Sache betrachtet.

Schließlich ist man ja auch nicht kleiner, nur weil man weiter weg vom Beobachter ist. Da muss man ganz schön aufpassen, gerade dann, wenn man nicht einmal weiß, wo oben und unten ist. Ist schon ein Ding, so ganz ohne Gleichgewichtssinn kann es drunter und drüber gehn und man kriegt einfach nichts davon mit. Von wegen alles hätte zwei Seiten. Ich will ja nicht prahlen, aber selbst mein Tagebuch hat mehr.

Von der Verselbständigung der Selbstverständlichkeiten

Trotz meiner anfänglichen Orientierungslosigkeit war es dennoch kein Wunder, dass mich nichts aus dem Gleichgewicht bringen konnte, wo ich doch rundum geschützt war und mich unverletzlich fühlte. War ja auch keiner da, der mir was Böses tun wollte. Warum auch? Hätte ich gewusst, dass es so nicht immer bleiben würde, hätte ich es wohl genossen. Aber was einem fehlt, merkt man ja erst richtig, wenn es schon weg ist. Ich hatte jedenfalls keine Ahnung, dass sich Selbstverständlichkeiten irgendwann mal verselbständigen könnten. Man müßte ja auch denken, dass Selbstverständlichkeiten immer und für alle da sind. Doch wahrscheinlich sind sie gar nicht von selbst verständlich und müssen erst noch verstanden werden. Schon das kleinste Missverständnis scheint die Selbstverständlichkeit kaputt zu machen. Eine Frage des Verstandes also. Denkt einfach mal drüber nach.

Von der Zeit und dass man sie nicht kaputt machen kann

Obwohl das mit dem Nachdenken auch so eine Sache ist. Da habt ihr euch mal wieder ein Wort geschaffen über das ihr sicher selbst ganz verwirrt seid. Nachdenken klingt ganz so, als ob es schon zu spät dafür sein würde. Das ist es nur manchmal. Fast immer ist es so, dass es nicht früh genug geschehen kann. Sonst ist es wirklich mal zu spät und dann seid ihr traurig. Denn das, was schon passiert ist, könnt ihr meist nicht ändern, ohne dass etwas davon bleibt, so wie es war. Zumindest in der Erinnerung.

Ihr macht es euch auch nicht eben leicht, wo ihr doch stets darauf bedacht seid, die Zeit in Abschnitte zu teilen. Als ob so etwas wirklich gehen würde. Ihr müßtet das eigentlich wissen, schließlich habt ihr sogar ein Gerät erfunden, um

18

die Zeit unter die Lupe zu nehmen. Dann wisst ihr ja sicherlich auch, dass sie am langsamsten zu vergehen scheint, wenn man auf etwas wartet. Genau genommen merkt man sie sonst gar nicht. Ist Zeit nun ein kostbares Gut? Ich sag' euch was. Die Reichsten sind nicht die, die genügend Zeit zum Warten haben, sondern diejenigen, die die Macht haben, andere warten zu lassen. Dabei ist sie doch für alle da, ganz selbstverständlich.

Wenn die Zeit vielleicht auch nicht immer gerecht verteilt ist, so bin ich doch froh, dass ihr sie wenigstens nicht kaputt machen könnt. Ich glaube sogar, sie reicht für ein ewiges Leben. Probiert's einfach mal aus. Ihr müßt bloß nicht aufhören zu atmen. Der Rest geht dann schon von selbst.

Von einem Zweitakter und anderen Wundern

Ach, du liebe Zeit. Ja, ich hab sie lieb. Auch wenn ich nicht daran glaube, dass sie alle Wunden heilt. Aber sie ist nun mal ganz wichtig für die Entwicklung. Und die ist wichtig für mich. Wunder brauchen eben ihre Zeit. Schließlich kann man ja nicht alles dem Zufall überlassen. Dabei ist es gar nicht so wichtig, wie spät es gerade ist. Es ist einfach schön, dass immer

wieder Zeit da ist und ich kann gar nicht verstehen, dass es Leutings gibt, die versuchen, sich
die Zeit zu vertreiben. Wahrscheinlich ticken die
nicht richtig, wo es doch ganz klar ist, dass die
Zeit selbst zwar nicht alle wird, für den einzelnen aber doch begrenzt ist. Da sollte man nicht
noch was von vertreiben.

Man könnte meinen, dass ihr ohne Uhr völ-
lig aus dem Takt geratet. Dabei habt ihr doch
schon einen in euch eingebaut. Was soll ich als
Zweitakter da erst sagen? Einerseits bummert
Muttis Herz und dann noch mein eigenes dazu.
Das ist vielleicht ein Durcheinander. Erst habe
ich mich ja darüber gewundert, aber als es so
blieb, dachte ich, so sei es eben und habe dem
weiter keine Bedeutung zugemessen. Man kann
sich ja schließlich nicht um alles kümmern. Und
überhaupt ist es ziemlich egal, wie spät es nun
wirklich ist. Das, was wir uns wünschen, kommt
sowieso meist nicht zur rechten Zeit.

Von der Ordnung, Bäumen und von keinem Schokoeis

Uhren sind doch einfach nur dazu da, um euch
zu zeigen, dass eure Vergangenheit immer mehr
wird und eure Zukunft immer weniger. Ihr
kriegt's ja sonst nicht mit. Wie auch, für euch ist
ja alles immer nur Gegenwart. Drum ist so 'ne

Uhr vielleicht doch gar keine so üble Erfindung. Aber ich bin mir nicht ganz sicher, ob ihr sie auch so zu deuten wisst. Ich trau euch fast zu, dass ihr, wenn ihr 'nen Wecker stellt, pedantisch darauf acht gebt, 'ne glatte Zeit punktgenau einzustellen. Ihr fummelt dann solange dran rum, bis es auch wirklich passt, als ob es nicht egal wäre, ob der Wecker ein paar Minüteken früher oder später rappelt. Und schon habt ihr Zeit gegen Ordnung eingetauscht. Dabei ging es euch doch eigentlich um die Zeit.

Zum Glück bin ich nicht so ordentlich wie ihr und kann's mir deshalb öfter mal leisten, 'ne Pause zu machen. Verwechselt jetzt bloß nicht Ausruhen mit Langeweile und Langeweile mit Harmonie. Schaut euch einfach nur mal um. Die Bäume werfen im Herbst ja auch ihre Blätter ab und ruhen sich im Winter aus. Klar, es gibt auch immergrüne Bäume, aber die tragen meist nicht die besten Früchte. Freut euch einfach, wenn sich die Kleinen mal ausruhen, um die Großen nicht zu stören. Ihr könnt ja solange warten oder von der guten alten Zeit träumen.

Das Leben ist doch kein Schokoeis, das dahinschmilzt, wenn man es nicht bald genießt. Nicht umsonst heißt es, kühlen Kopf zu bewahren. Also teilt euch das bisschen Leben mal gut ein und zählt schon mal die Nächte. Denn die Tage sind längst gezählt. Vom Kalender.

Von Buckelwalen und von Nullen & Einsen

Überhaupt muss ich sagen, dass es nicht einfach war, eure Sprache zu verstehen. Aber wahrscheinlich seid ihr sehr vergesslich, denn es gibt wohl nichts, wofür ihr nicht zumindest ein Wort habt. Und doch klingt alles wie die Gesänge der Buckelwale, solange man in euch drin steckt. Noch dollere Sachen habe ich erlebt, nachdem ich geschlüpft war.

Erst erfindet ihr Buchstaben, dann Zahlen und weil ihr euch das alles nicht merken könnt, erfindet ihr Maschinen, die so schlau sind, dass sie mit nur Nullen und Einsen alles das ausdrücken können, was ihr jemals noch erfinden werdet. Das versteh mal einer. Aber von euch hat ja auch keiner verstanden, was ich bei meiner Geburt gerufen habe. Ihr nanntet es Schreien, bloß weil ihr keinen Buckelwal dabei hattet, der es euch hätte übersetzen können.

Von einem falschen Sonnenaufgang und von der Sichtbarmachung der Gedanken

Habt ihr euch denn nie gefragt, warum die meisten Leute eure Sprache als Fremdsprache empfinden? Vielleicht verstehen sie euch nicht, weil sie einfach kein Verständnis dafür haben, dass ihr mit der Sprache auch die Lüge erfunden habt. Oder wollt ihr uns wirklich weismachen, dass es jeden Tag einen Sonnenaufgang und einen Sonnenuntergang gibt? Und dann erzählt ihr auch noch, dass die Tage im Sommer länger als im Winter seien, wo ihr doch selbst festgelegt habt, dass ein Tag 24 Stunden hat, die alle gleich lang sind. Na ja, immerhin habt ihr inzwischen zugegeben, dass die Erde keine Scheibe ist. Alles eine Frage der Erkenntnis.

Manchmal wunder ich mich wirklich, dass ihr keine Seifenblasen macht, bei all dem Zeug, was ihr so redet. Na ja, zumindest könnt ihr froh sein, dass ihr nicht unter Wasser lebt, da würde man so'n Geblubber primstens sehen. An der Luft hört man's ja nur. Und auch, wenn man das alles so hört, kann man letztlich immer noch nicht in eure Gedanken gucken. Warum lasst ihr euch nicht mal was einfallen, um eure Gedanken sichtbar zu machen? Aber ich will euch ja nicht Angst machen.

Vom Vollmond und dass keiner was davon wegnimmt

Da wart ihr sicher auch ganz schön beleidigt, als ihr gemerkt habt, dass sich die Erde um die Sonne dreht und nicht umgekehrt. Dabei ist es doch ganz egal, wer sich da um wen dreht. Hauptsache, es geht gerecht zu und alle kriegen mal was vom Sonnenlicht ab. Und obwohl das alles ganz schön wichtig für euch ist, wie das so funktioniert, geht ihr mir damit ziemlich lax um. Hallo Sonnenfinsternis und so. Ich glaub, ich bin im Märchen. Nur weil es bei euch duster wird, heißt das noch lange nicht, dass die Sonne finster ist. Genau so ist das mit dem Gerede über Voll- und Halbmond. Auch wenn ihr's nicht glauben wollt, es ist immer Vollmond, solange keiner was von ihm wegnimmt. Ich trau euch ja 'ne Menge zu, aber einen halben Mond zu klauen, ist wohl doch 'n bisschen zuviel. Ihr solltet euch einfach besser ausdrücken, sonst versteht man euch nicht wirklich.

Von der Namensgebung und der Angst, uns zu verwechseln

Was mich ganz besonders wundert, ist, dass ihr euch selbst für eure Kinder Namen ausdenkt, als ob ihr sie sonst nicht wiedererkennen würdet. Seltsamerweise gibt's bei der Zeugung noch keinen Namen. Der muss dann erst noch ausgetüftelt werden. Na ja, ich musste mir ja auch noch mein Geschlecht ausdenken. Eigentlich kann man sich's ja nicht aussuchen, es ist mehr sowas

wie eine Überraschung. Wie auch der Name, nur
hat der noch mehr Verspätung. So richtig organisiert scheint mir das noch nicht zu sein. Mein
Verdacht ist ja, dass ihr gar kein Problem damit
habt, dass unsereins erstmal ohne Namen fertigwerden muss.

Solange wir noch in Muttis Bauch stecken,
glaubt ihr zu wissen, mit wem ihr's zu tun habt.
Aber kaum hängen wir nicht mehr an der Nabelschnur, da habt ihr schon Angst, uns zu verwechseln. Klar, dass dann auch ganz fix ein
Name her muss. Der ist wie eine unsichtbare
Leine. Man kann ihn rufen und der Gerufene
kommt oder nicht. Nur gut, dass ihr mir nicht
gleich noch einen Maulkorb verpasst habt. Aber
vielleicht ist der ja auch unsichtbar und ich weiß
es bloß noch nicht.

Von zwei Zellen, die erstmal zu sich selbst finden mussten

Und ehe ihr noch auf andere seltsame Gedanken kommt, erzähl ich euch mal lieber was aus
meiner Welt. Gerade so, wie ihr alles zerteilt,
um es euch Stück für Stück begreiflich zu machen, so war ich damit beschäftigt, mich Stück
für Stück zusammenzufügen, damit ihr mich
später einmal begreifen könnt. Am schwierigs-

ten war es ganz zu Anfang, als ich noch zwei Zellen war und erstmal zu mir selbst finden musste. Ihr versteht es wohl am besten, wenn ich euch sage, dass wir alle schon mal in der Lotterie gewonnen haben. Aber so ist das eben, wenn etwas Gescheites dabei herauskommen soll, dann muss man es recht oft probieren.

Das kennt ihr ja auch, schließlich scheint das Üben, Kinder zu machen, eine eurer liebsten Beschäftigungen zu sein. Mehr noch sogar, als wirklich welche zu zeugen, denn da habt ihr euch ja allerlei Tricks einfallen gelassen, die es uns nahezu unmöglich machen, unsere ersten beiden Zellen zusammenzubringen.

Na ja, so einfach ist das jedenfalls nicht mit der Kernfusion. Ihr tüftelt ja noch immer dran, bei uns kleinen Fischen gehört sie aber schon zur Grundausbildung. Da kommt keiner drum rum, dafür geht der Rest dann fast wie von selbst.

Von verschiedenen Affen und einem Tier, das besonders viel Wirbel macht

Vielleicht seid ihr ja immer noch nicht ganz über den Schrecken hinweg, feststellen zu müssen, dass ihr nicht von Gott, sondern vom Affen, abstammt. Zugegeben, das kann einen schon ganz schön durcheinander bringen. Wahrscheinlich denkt ihr noch immer drüber nach, ob ihr nun vom Voll- oder vom Halbaffen abstammt. Ich trau's mich fast gar nicht, zu sagen, aber auch ihr habt alle mal als Einzeller angefangen, dann kam noch 'ne Zelle dazu und so weiter. So, wie bei mir jetzt auch. Und die Zellen selbst sind nichts anderes als zusammengebasteltes Zeug aus dem Periodensystem der Elemente mit 'ner Prise Zufall. Ohne Elementarteilchen geht da nix und das mit dem Affen war erst viel viel später. Genau so ungefähr ist das.

Eins jedenfalls scheint klar zu sein. Unter den Wirbeltieren seid ihr wohl das, was am meisten Wirbel macht. Und bei den Säugetieren gibt es wahrscheinlich keins, was sich so viele verschiedene Sachen in den Mund steckt, wie ihr. Nicht mal im Traum hätte ich daran gedacht, auch einmal so zu enden. Nur gut, wenn man noch ein paar schöne Träume hat. Man sollte sich die besten davon aufheben, man kann ja nie wissen...

Von der Natur, aber auch von einem Aquarium und einer Mikrowelle

Was mich bei der ganzen Sache stört, ist, dass ihr's nicht lassen könnt, an unseren Bauplänen rumzufummeln. Als ob ihr das besser hinkriegen würdet, als es sich die Natur ausgedacht hat.

Bislang jedenfalls habt ihr in der Natur ganz schön rumgepfuscht. Guckt einfach mal nach, wer wegen euch schon so alles ausgestorben ist. Vielleicht kriegt ihr erstmal das in den Griff, bevor ihr anfangt, neues Leben zu basteln.

Wenn ihr uns schon nicht lieb habt, so habt doch wenigstens ein bisschen mehr Respekt. Ich glaube fast, ihr würdet am liebsten 'ne Pille ins Aquarium schmeißen, den Wecker stellen und auf 'nen Helden warten. Ihr müßt ganz schön verdreifelt sein. Ich hatte ja schon länger die Ahnung, dass ihr erst dann so richtig kreativ werdet, wenn ihr kurz davor seid, zu verblöden. Dass das so fix geht, hätte ich allerdings nicht gedacht. Wenn ich so auf meine Nabelschnur gucke, frage ich mich allen Ernstes, wer hier wen an die Leine nehmen sollte. Ihr glaubt wohl, das Leben ist 'ne große Mikrowelle und Kinder gibt's auf Knopfdruck.

Ich erklär euch das am besten mal mit euren eigenen Worten: „Wer Banknoten nachmacht oder verfälscht oder nachgemachte oder verfälschte sich verschafft, um sie in Verkehr zu bringen, wird bestraft." Na, wenigstens habt ihr dafür gesorgt, dass die Würde der Banknote unantastbar ist. Und solange ihr uns nicht zumindest mit Banknoten gleichgestellt habt, bleibe ich bei meiner Forderung: Wer mit Zellen rumexperimentiert, gehört in eine solche. Ihr seid mir schon welche, als ob die Banknoten den Ton angeben würden. Nur gut, dass ich was höre, was ihr nicht seht. Dabei kann das Leben so fruchtig sein. Vergesst einfach die Gentechnik, dann strickt sich alles wie von selbst zurecht. Manchmal glaube ich wirklich, ihr seid so seltsam wie ich selten bin.

Vom Sinn des Lebens und wo wir ihn vergessen haben oder auch nicht

Der Sinn des Lebens ist auch so eine Sache. Ich gebe zu, ich habe mir die Frage danach damals nicht gestellt. Das Leben war einfach da und ich hatte genug damit zu tun, darüber zu staunen, dass es ganz den Anschein hatte, es würde immer mehr werden. Zugegeben, ich war zu unbekümmert, um über den Sinn oder Unsinn des Lebens nachzudenken. Viel später stellte sich heraus, dass mir diese Frage wohl auch viel Kummer bereitet hätte, denn bis heute habe ich sie nicht ganz gelöst.

Genau genommen, steht vor der Frage, welchen Sinn das Leben hat, die Frage, ob es überhaupt einen Sinn hat. Da ist man sich wohl nicht so ganz sicher, denn sonst bräuchte man ihn ja nicht zu suchen und nicht jeder scheint ihn gefunden zu haben. Irgendwie hat alles einen Sinn, könnte man zunächst denken. Wenn alles einen Sinn hat, müßte nichts unsinnig sein. Auf den ersten Blick eine klare Sache, fragt sich aber, ob zum Alles nicht auch das Nichts gehört? Oder ist Nichts was ganz anderes? Aber warum gehört es dann nicht trotzdem zum Alles? Sonst wäre Alles ja nicht alles sondern alles ohne Nichts. Wie kann Alles alles sein, wo es noch ein Nichts gibt? Der Ansatz alles oder nichts würde demnach das Alles unvollständig machen. Doch wie kann es Alles sein, wenn es nicht einmal vollständig ist? Andererseits, wenn man alles hat und nichts davon wegnimmt, ist noch alles da.

Das Problem ist wohl, dass es ein Wort für etwas gibt, was es gar nicht gibt. Wie hätte ich da auch drauf kommen sollen, wo mir doch nichts fehlte bzw. wo es mir an Nichts fehlte. Fehlte mir also doch was? Keine Ahnung, jedenfalls habe ich's wohl nicht gemerkt. Vielleicht hab ich's auch vergessen, aber dann hätte ich es erstmal merken müssen. Vergess mal einer was, was noch gar nicht da war. Es sei denn, man hat nichts gemerkt und kann sich nicht dran erinnern. Ist man dann vergesslich oder nicht? Ja, dann ist man vergesslich oder auch nicht. Und wenn wir nach dem Sinn des Lebens suchen, dann haben wir ihn wahrscheinlich nur irgendwo vergessen, oder auch nicht.

Vom Spazierengehen auf Muttis Bauch, ohne sie dabei zu wecken

Ach ja, die Umwelt. Ihr tut fast so, als sei sie so um euch rum. Scheint bald so, als ob's einfach nur die Abkürzung für Drumrumwelt ist. Dabei ist es doch gar nicht so. Zur Welt gehört ihr genauso dazu, wie das, was um euch rum ist. Ihr selbst seid ja auch drum rum für alle diejenigen, die ihr nicht selbst seid. So nennt es doch einfach Welt und benehmt euch auch so. Ihr werdet euch noch wundern, wenn die Welt ganz krank von euerm Tun geworden ist und euch mit hohem Bogen ins All hustet.

Ist schon ein Ding, was die Welt so alles aushalten muss, nur weil wir uns darauf aufhalten. Dabei sind wir doch alle nur zu Gast und fühlen uns doch wie zu Hause. Dann sollten wir auch nicht überall lauter Müll rumliegen lassen. Wenn wir so weitermachen, brauchen wir uns nicht zu wundern, wenn man uns eines Tages gar nicht mehr von unserm Müll unterscheiden kann. Drum habe ich gar nicht erst irgendwelchen Müll hinterlassen, der nicht 100pro biologisch abbaubar ist. Und ihr solltet auch gar nicht erst versuchen, welchen zu machen, geschweige denn, ihn auf andere zu schieben. Das wäre wohl die sauberste Lösung.

Von der Umwelt zur Unwelt ist es nämlich gar nicht so weit. Guckt mal, solange ich noch in Muttis Bauch war, habe ich auch gedacht, dass Mutti die Welt ist. Dass da noch mehr ist, habe ich erst gemerkt, als ich da raus war. Ihr würdet staunen, wenn ihr wüßtet, wie großartig die Welt sein kann, wenn man Grenzen überwindet. Und wenn ich euch einen Tipp geben darf, probiert einfach mal, auf Muttis Bauch spazieren zu gehen, ohne sie dabei zu wecken. Ihr werdet sehen, dann hustet sie auch nicht.

Von Grenzen, Sport und einer Selbsthilfegruppe

Und wo ich gerade dabei bin, euch was von der Welt zu erzählen, da sag ich euch doch gleich mal, dass es davon nur eine gibt. Da könnt ihr noch soviel von der Dritten Welt erzählen, zählt einfach mal durch und ihr werdet sehen, dass es wirklich nur eine ist. Und wenn ihr alles das, was sich dort so findet, gerechter verteilt, dann bräuchtet ihr die Welt auch nicht untereinander aufzuteilen. Statt dessen baut ihr um das, was ihr habt, Häuser, Garagen oder zumindest Zäune und Grenzen. Aber solange es noch Grenzen zwischen Arm und Reich gibt, solange gibt es wohl auch noch Grenzen zwischen Ländern und

Völkern. Und wenn mal jemand um die Welt wandern möchte, dann braucht er dafür ein Visum oder er muss im Zick-Zack laufen. Dabei könntet ihr euch auf direktem Wege viel näher sein.

Ich glaube fast, ihr habt das so arrangiert, damit ihr anderen was wegnehmen könnt, ohne dass die an eure Sachen rankommen. Das Verrückte daran ist, ist, dass ihr das Zeug dann doch irgendwann wegschmeißt anstatt es wenigstens zurückzugeben.

Ihr tut fast so, als sei das Leben ein Schachspiel, bei dem Weiß immer gewinnt. Dabei ist es ein Mannschaftssport. Denn wenn der Sieger zum Schluss ganz allein dasteht, hat er auch nicht viel gewonnen. Dabei wollt ihr doch alle gern Millionäre sein. Ein paar von euch sind's ja wohl auch. Komisch, dass keinem von euch auffällt, dass ihr alle längst schon Milliardäre seid. Da müßt ihr einfach mal alle Leutings durchzählen. Das könnten alles eure Freunde sein. Wie's scheint, sind euch andere Sachen wohl doch wichtiger als Menschen. Und das, obwohl ihr selbst welche seid. Ich glaube fast, ihr seid die größte Selbsthilfegruppe der Welt. Na ja, ich werd' euch schon helfen.

Von einem Hund, der ein Schwein ist, oder umgekehrt

Vielleicht kommt das ja davon, weil ihr glaubt, tun zu müssen, was man tun muss. Da tu ich doch lieber, was ich tun will. Zugegeben, es klappt nicht immer. Das liegt dann meist am inneren Schweinehund. Den schleppt wohl jeder mit sich rum, wie einen inneren Schatten. Da frag ich mich, wie der dann größer sein kann, als man selbst. Überhaupt habe ich keine Ahnung, wo der in einem drin stecken soll. In der Gebärmutti ist er jedenfalls nicht, das hätte ich gemerkt. Ich glaube fast, es gibt ihn gar nicht und ihr braucht einfach nur jemanden, auf den ihr eure Bequemlichkeit schieben könnt. Dann wärt ihr ja selbst die Schweinehunde. Sagt, dass es nicht wahr ist.

Nein, gebt es lieber zu, wenn es so ist. Wenn man sich seine Eltern schon nicht aussucht, dann möchte man doch wenigstens wissen, wer sie sind. Wie dem auch sei, ihr werdet schon noch staunen, wie viele Sachen es gibt, die stärker sind als der eigene Willen. Dabei wollt ihr schon 'ne ganze Menge. Das dürft ihr aber nicht mit einem starken Willen verwechseln. Viel zu wollen, ist einfach Quatsch. Etwas stark zu wollen, was einem wichtig ist, macht mehr Sinn. Probiert's mal aus und ihr werdet sehen, dass ihr dann zufriedener seid. Und Frieden ist wichtig, auch der mit euch selbst und all den andern Schweinehunden. Ich glaube, das ist auch so gewollt.

Vom Spielen, Staunen und Träumen

Ihr könnt eben prima schauspielen, aber schau spielen könnt ihr nicht. Dabei ist Spielen so 'ne schöne Sache, obwohl's ja eigentlich dazu gedacht ist, was dazu zu lernen. Schauspielen hingegen ist nix anderes, als was so darzustellen, wie es gar nicht wirklich ist. Sieht so aus, als wolltet ihr damit verbergen, was ihr nicht gelernt habt. Hättet ihr mehr gespielt, bräuchtet ihr wahrscheinlich auch nicht so viel schauspielern. Und wer glaubt, er sei zu alt zum Spielen, der sollte einfach träumen. Das ist dann fast genau so gut. Einfach mal ausprobieren. Und wer genug geträumt hat, der traut sich vielleicht auch mal wieder zu spielen. Ihr werdet staunen, wie jung man sich auf einmal wieder fühlt.

Von Fingern und Spucke und wem welcher Monat gehört

Neugierig seid ihr, das muss ich euch lassen. Da leuchtet ihr mit Schallgeschwindigkeit in

Muttis Bauch rum, damit ihr dann ein Bildchen habt, das ihr stolz rumzeigen könnt. Wie absurd das ist. Ihr bastelt schon mal ein Daumenkino und unsereins hat noch gar keinen Daumen, geschweige denn einen Mittelfinger, um euch zu zeigen, was wir davon halten. (Dabei hatte ich ja noch Glück. In meiner Zeit, als das Geborenwerden noch geholfen hat, wurde man immerhin noch von seinen Oldies erwartet und nicht von irgend'ner Videokamera.) Wie dem auch sei, manchmal geht einem das alles wirklich ganz schön auf die Nabelschnur.

Erzählt mir bloß nix von Datenschutz, solange ihr sogar uns Krümel abhört und mit Ultraschall beobachtet. Wahrscheinlich wollt ihr uns damit nur darauf vorbereiten, dass später mal immer irgendeine Kamera auf uns gerichtet ist. Dabei sind wir gar nicht so böse, wie ihr neugierig seid. Lebt einfach selber, als anderer Leutings Leben auszuspionieren. Und lasst auch die anderen leben. Es kann doch wohl nicht mit rechten Dingen zugehen, einige von uns einfach abzutreiben, nur weil sie euch nicht mehr in den Kram passen. Wir dürfen euch doch auch nicht aus dem Leben vertreiben, wenn wir erstmal geschlüpft sind. Ich dachte, jedes Kind hätte ein Recht, erwünscht zu sein und keiner hätte das Recht, jemanden unglücklich zu machen. Die meisten von euch haben's ja auch kapiert, schade nur, dass es einige hin und wieder übertreiben.

Das liegt wohl daran, dass ihr meint, eine Frau wäre im soundsovielten Monat. Dabei sind WIR im soundsovielten Monat. Ihr glaubt gar nich, wie mich das aufregt. Und wenn ich mal sabber, dann weil ich auf sowas spucke. Mit ein bisschen gutem Willen könnt ihr dann sehen, dass in unserer Spucke auch eure Gene sind. Irgendwie muss man's euch ja zeigen, wenn ihr schon nicht von selbst drauf kommt.

Von Höhen & Tiefen und wie sich ein Furz entfaltet

Das Leben ist ein Auf und Ab. Emsig wollt ihr alle empor und wundert euch dann, wenn ihr wieder zurückgeworfen werdet. Dabei ist das ganz gut so. Um sich in den Höhen zu entfalten, sollte man in den Tiefen erstmal den Charakter formen. Das eine geht ohne das andere nicht, schließlich hat die Bewegung nach der einen Seite immer ein Zurückbleiben nach anderen Seiten zur Folge.

Das ist wie bei einem Vulkan. Sein Krater wäre nicht so tief, wenn der Vulkan nicht so hoch wäre. Und seine Höhe wäre nicht dieselbe, würde sie nicht immer wieder aus der Tiefe aufgeschüttet werden. Ein hoher Berg mit tiefem Grund also, der ohne tiefe Beweggründe nicht existieren könnte. Vielleicht erinnert er uns deshalb an den Ursprung der Welt und das Leben an sich, manchmal erscheint er uns soger als Nabel der Welt. Ich glaube, da ist was dran und die Welt ist nix anderes als eine ganz ganz große Gebärmutti. Wenn so ein Vulkan dann mal überschwappt, dann ist das nur ein Furz im Vergleich zur Geburt von Gebirgen, Tälern und Ozeanen.

Das passiert so langsam, dass ihr's kaum mitkriegt. Und ihr könnt mir glauben, eure Uhren taugen einfach nix. Auch wenn sie euch Sekunden, Minuten und Stunden anzeigen - geschichtlich gesehen zeigen sie euch den Augenblick, den ihr nicht verpassen solltet, indem ihr auf die Uhr schaut. Genau genommen sind wir selbst alle nicht mehr als ein Furz im Lauf der Geschichte. Ein ganz kleiner sogar, sonst würde uns ein Vulkanausbruch nicht so großartig vorkommen.

Von der Zukunft und wer wen braucht, um seine Runden zu drehen

Und weil man einen Vulkan nur recht selten zur Hand hat, ist es auch nicht verwunderlich, dass ihr immer wieder versucht, die Erde umzukrempeln. Habt ihr schon mal drüber nachgedacht, euch selbst und nicht irgendwelche Dinge umzukrempeln? Bloß weil ihr da seid, heißt es noch lange nicht, dass ihr dran seid, zu tun und zu lassen, was ihr wollt.

Das Leben ist doch keine fortwährende Selbstbefriedigung auf Kosten anderer. Erst macht ihr die Erde ganz krank und ohne das Einverständnis des Patienten operiert ihr weiter an ihr rum. Da fragt es sich, wer hier wessen Experiment ist.

Klar, was die Zukunft bringt, das wissen wir nicht. Und doch glauben wir daran. Fragt ihr mich, so kann die Welt auch ohne uns ihre Runden drehen. Wenn auch ihr über die Runden kommen wollt, solltet ihr euch der Erde anpassen. Schließlich lebt ihr von ihr.

Ein guter Anfang hierfür wäre wohl, sich die Zeit zu nehmen, die Geschichte mit in die Zukunft hinüberzuführen, um zu einem fortgesetzten Interesse über Generationen hinweg zu finden. Dann klappt's auch mit der Gastfreundschaft.

Oder wollt ihr uns Kinder gleich bei der Geburt mit einem Furz begrüßen? Ich will's jedenfalls nicht, darauf könnt ihr einen lassen.

Vom Igel, vom Stinktier und vom Teufel

Da bin ich schon wieder und ich kann euch sagen, ich habe einen interessanten Traum gehabt. Wie ich so durch die Welt stolper, kommt doch so'n Uhu vorbei. Der hat mir dann folgendes erzählt: „Beachtenswert ist das Vermögen der Tiere, sich im Laufe der Zeit immer wieder den jeweiligen Umweltbedingungen anpassen zu können. Zu bemitleiden ist jedoch ist der Igel mit seinen schwachen Stacheln. Denn noch tötet der Reifen den Igel und nicht der Igel den Reifen."

Und der Vogel erzählte weiter: „Ein kleines Stinktier kam zu dem Entschluss, eine Familie zu gründen. So hielt es also die Nase in den Wind und trabte munter von dannen. Mit jedem Kilometer wurde der Duft verführerischer. Und bald war es angelangt - in Bitterfeld. Soviel es auch suchte und suchte, es konnte die Angebetete nirgends finden. Denn nicht alles, was tierisch stinkt, stammt vom Stinktier."

Ich könnte wetten, dass ihr irgendwie dahinter steckt und ich sage euch ganz im Ernst: Wenn das letzte Tier hinüber ist, dann ist der letzte Mensch das erste Tier. Ihr tut fast so, als seien das keine Probleme. Dabei seid ihr selbst eins. Und wenn ich erstmal draußen bin und rauskriege, wer von euch schuld dran ist, dann schicke ich ihn zum Teufel, wenn ich nur wüßte, wo der zu finden ist.

Vom Glauben, aber auch vom Bügeln und anderen Schwächen

Na ja, mit dem Glauben ist das schon so eine Sache. Genau genommen hatte ich ja keinen und hätte nicht mal im Traum daran gedacht, mal in dem Glauben aufwachsen zu müssen, alles glauben zu müssen, was man mir sagt. Man kann auch ganz gut ohne einen Herrn auskommen. Zumindest solange alles stimmt. Ich glaube fast, dass der beste Glauben der Zweifel ist und man einfach nicht alles glauben sollte. Da könnt ihr noch soviele alte Geschichten erzählen, die früher mal der eine dem anderen erzählt hat, bis sie irgendwann aufgeschrieben wurden. Und ich soll euch glauben, dass das alles wirklich so war? Spielt mal 'ne Runde „Stille Post", dann wisst ihr, was ich damit meine. Ich glaub doch auch nicht an Märchen.

Und irgendwie habt ihr euch das auch selbst 'n bisschen eingebrockt. Da erzählt ihr uns Kindern, es gäbe einen Weihnachtsmann und einen Osterhasen. Einen Gott gäbe es auch. Das mit den ersten beiden stimmt nicht wirklich. Und was ist mit Gott oder wie auch immer ihr ihn nennt?

Wenn ich bedenke, wie wichtig meine Mutti für mich ist, dann wunder ich mich schon ein bisschen darüber, dass kaum jemand von euch glaubt, Gott könnte eine Frau sein.

Zugegeben, wenn's mal richtig eng wird, dann kann ein Glauben schon 'ne gute Hilfe sein. Denn das letzte, was einem wirklich bleibt, ist der Glauben. Den kann man sogar anderen schenken, selbst wenn man selbst gar nichts mehr hat. Wahrscheinlich ist er sogar nur ein anderes Wort für Liebe.

Auch wenn man nicht daran glaubt, dann sollte man zumindest den anderen ihren Glauben lassen, egal welchen sie haben. Um ehrlich zu sein, ich würde mich sehr darüber freuen, wenn es einen Weltgeist gäbe, der so manchen Unfug ausbügelt. Aber Bügeln scheint leider nicht seine Stärke zu sein. Zugegeben, meine auch nicht.

Vom Eigentum und davon, dass es wohl geklaut ist

Manche von euch denken ja, dass die Welt denen gehört, die nach euch kommen. Das scheint zunächst ein ganz vernüftiger Gedanke zu sein, auch wenn ich glaube, dass die Welt niemandem gehören sollte. Wenn man irgendwo zu Gast ist, dann ist man eingeladen, das zu nehmen, was einem dargeboten wird. Aber man kann doch nicht nach Belieben irgendwelche Sachen zu seinem Eigentum erklären. Sowas gehört sich einfach nicht.

Wem also gehört dann die Welt? Ich glaube, alles Eigentum an Grund und Boden wurde irgendwann mal geklaut. Dann sollte man es auch allen zugänglich machen, die Gast auf dieser Erde sind. Aber ehe das passiert, werdet ihr wohl lieber auch noch die Luft untereinander aufteilen, um sie denen zu verkaufen, die ihr bei der Verteilung übergangen habt. Und wenn ihr sie nicht vorher verkauft habt, vererbt ihr sie weiter, ohne darüber nachzudenken, ob nicht woanders gerade jemand am Ersticken ist.

Falls übrigens jemand Durst haben sollte, ich habe noch etwas Fruchtwasser da. Und ich gebe gern was davon ab.

Von Bernstein und Limonade und warum wir Geburtstag feiern

Na ja, zum Geld habt ihr überhaupt 'n komisches Verhältnis. Ich glaube fast, dass ihr das Geld braucht, um selbst als was zu gelten: Nimm so viel du kannst, solange du kannst. Nimm, was du kriegen kannst. Ich glaube fast, wenn ihr Geld damit verdienen könntet, gefrorenes Pipi als

Bernstein zu verkaufen und aufgetauten Bernstein als Limonade anzubieten, dann würdet ihr es ohne Bedenken tun. Dabei müßte doch wirklich auch so für alle genug da sein. Und doch kriegt ihr's nicht hin, dass alle ausreichend zu essen haben, Kleidung, ein Dach über'm Kopf und 'ne medizinische Grundversorgung. Ich glaube ja, dass sich alle Leutings in gemeinsamer Wechselwirkung mehr geben können, als der eine dem anderen wegnehmen kann.

Ich komme doch auch ohne Geld aus. Mutti gibt mir Nahrung und Obdach, ich gebe ihr ein schönes Gefühl. Und ich brauche nicht mal drum zu bitten, es ist alles geschenkt. Als ob jeden Tag Geburtstag wäre.

Stimmt, Geburtstag ist ein blödes Wort, schließlich weiß ich ja am besten, dass vorher auch schon 'ne Menge Leben passiert. Bei der Gelegenheit muss ich gleich mal loswerden, dass es wohl passender wäre, den Zeugungstag zu feiern. Kann doch nicht sein, dass wir alle auf den Geburtstag warten müssen, nur weil sich die Frauenwelt ein paar Monate jünger machen will, als sie wirklich ist. Aber das ist ein anderes Thema.

Ich wollte euch eigentlich nur verklickern, dass man das, was wirklich wichtig ist, nicht kaufen kann. Das merkt man wahrscheinlich nur ganz am Anfang und am Ende des Lebens. Die meiste Zeit dazwischen kriegt man nicht viel davon mit. Drum sag ich's euch lieber gleich und nicht erst am Ende.

Von Geschäften oder wie man beim Kacken Geld verdient

Die Zeit ist auch 'ne wichtige Sache. Manche von euch glauben ja sogar, Zeit sei Geld. Das stimmt nicht wirklich, denn Zeit wird nicht alle und alle kriegen was von ihr ab. Beim Geld ist das nicht immer so und doch hängen beide irgendwie zusammen. Wenn jemand viel Geld hat, dann spielt Zeit für ihn keine so große Rolle. Denn er kann dann sein Geld für sich arbeiten lassen. Früher nannte man sowas Sklaverei, heute heißt das Geschäfte machen. Und wenn jemand sein Geschäft verrichtet, dann ist das nichts anderes, als dass er selbst beim Kacken Geld verdient. Das war schon immer so, ihr kennt ja das Dukatenscheißen aus dem Märchen.

Heute geht es darum, möglichst viel Geld in kurzer Zeit zu machen. Das funktioniert mit Zinsen. Der, der Geld übrig hat, kriegt noch mehr Geld dazu und der, dem welches fehlt, dem wird noch mehr weggenommen. Beide wissen nicht, wieviel Geld sie eigentlich haben, weil sich die Wechselkurse laufend ändern. Da kommt es wieder auf die Zeit an. Ist schon 'ne knifflige Sache.

Mit dem Geld jedenfalls kann man dann tolle Sachen eintauschen. Das ist so, als könnte man einem anderen was wegnehmen und sich mit dem Geld gleichzeitig von seiner Schuld freikaufen. Was man nicht so richtig kaufen kann, ist Zeit. Bestenfalls kann man jemandem Geld dafür geben, dass er irgendwas erledigt, was man sonst selbst gemacht hätte. Dann kann man die Zeit anders nutzen. Immerhin.

Ich glaube, Zeit ist wichtiger als Geld, jedenfalls kann ich damit mehr anfangen. Und wenn ihr meint, dass der Tag beginnt, wenn die Börse aufmacht und wenn sie schließt, wird's Nacht, dann wünsch' ich euch schon mal 'nen Guten Abend.

Von der Stelle, wo ihr die Hormone aufbewahrt

Aber so ganz ohne Geld geht's wohl doch nicht. Keine Ahnung warum, aber sogar 'n Kindergeld habt ihr erfunden. Da frage ich mich, warum ich davon noch nix gesehen habe. Wenn man das den Oldies in die Hand drückt, dann sollte man's vielleicht besser Oldiegeld nennen. Oder Kinderkompensationsgeld. Offensichtlich reicht eure Liebe dann doch nicht so weit, als

46

dass ihr nicht erstmal durchrechnen müßtet, was wir euch wert sind. Wie's aussieht, kommt da noch weniger als nix raus und damit's dann wieder passt, bekommt ihr dann das Kindergeld. Respekt, da habt ihr eine feine Null-Nummer geschoben.

Komisch nur, dass es woanders besser klappt. Gerade dort, wo es sich die Leutings am wenigsten leisten können, da freut sich das ganze Dorf auf ein Kind. Ganz ohne Kindergeld. Nur gut, dass ihr euch dann doch noch freut, wenn wir erstmal da sind. Mal ehrlich, wärt ihr genau so gut drauf, wenn wir nicht so niedlich wären? Na, ich weiß nich.

Drum haben wir ja auch nix eiligeres zu tun, als die Stelle zu suchen, wo ihr die Hormone aufbewahrt. Da schmeißen wir einfach ein Fass von um und schon bleibt ihr bei Laune. Meistens hält's sogar ein Leben lang. Und als Dank dafür kommen wir gleich als Schuldner zur Welt, um später mal Steuern zahlen zu müssen, damit andere dann Kindergeld bekommen. Dolle Wirtschaft.

Vom Ernst des Lebens und vom Spaß des Todes und umgekehrt

Im Grunde genommen, lebt selbst ein einzelner Mensch ewig. Seiner Anwesenheit in der

Vergangenheit bedarf es nicht, denn er kennt sie aus Erfahrung und Überlieferung. Dadurch wird sie ihm gegenwärtig. Zwar kennt er nicht die Zukunft, doch in der Zukunft wird man auch seine Zeit kennen. So projeziert er seine Gegenwart in die Zukunft. Was bleibt, ist Gegenwart, überall und für immer. Selbst die dieses einzelnen Menschen. Ist er es wirklich wert, allgegenwärtig zu sein? Woher nimmt er das Recht, nach seinem Tod als Erinnerung weiterzuleben? Warum findet er kein Ende? Warum müssen erst alle sterben, nur um die Erinnerung an Einzelne zu nehmen? Wollt ihr das wirklich wissen?

Da habt ihr mich jetzt in eine schwierige Steißlage gebracht und ich gebe zu, ich weiß es nicht. Aber ich kann euch mal eben 'ne Peilung verschaffen, wo ihr die Antwort findet: dort, wo der Regenbogen die Erde berührt. Und ich sage euch noch was anderes: Der Ernst des Lebens ist der Spaß des Todes. Und der Spaß des Lebens ist der Ernst des Todes. Was zwischen beiden bleibt, sind Fragen. Zeichen? Fragezeichen zunächst...

Von Krümeln, Blitzen und Atomen

Nehmt's mir bitte nicht übel, dass ich da nicht so recht weiter weiß, aber so einfach kann man

48

fertige Menschen nun auch nicht mit uns Krümeln vergleichen. Über die Vergangenheit habe ich mir kaum Gedanken gemacht und erst später habe ich erfahren, dass mein Ursprung im Blitzen der Augen meiner Eltern zu suchen ist. Und wenn es so richtig geblitzt hat, ist das ursprüngliche Leben auch schon vorbei. Da haben wir schon unsere ersten Krankheiten geerbt und der Rest vom Fest ist eigentlich nur noch Reserve.

Und doch hatte ich erstmal gut zu tun, Zelle an Zelle zu pappen. Das klingt leichter, als es ist. Ihr müßt euch das wie ein Puzzle vorstellen, jede Zelle muss genau an die Stelle, wohin sie auch passt. Nur gut, dass mir gleich zu Beginn ein Bauplan mitgeliefert wurde, in neun Monaten hätte ich es sonst wohl kaum geschafft. Ist schon ein tolles Gefühl, jeden Tag neu und trotzdem noch derselbe zu sein. Das macht so leicht keiner nach.

Was so ein Bauplan taugt, kennt Ihr ja aus Möbelhäusern. Zugegeben, ich hatte auch erstmal keine Ahnung, ob aus mir nicht mal irgendein Schmetterling wird. Dass es darum geht, einen neuen Menschen fertigzustellen, habe ich erst nach und nach mitgekriegt. Fertiger Mensch ist nun auch wieder Quatsch. Fertig ist man nie, auch wenn man sich manchmal so fühlt.

Zugegeben, irgendwann ist man dann doch am Ende. Aber auch, wenn man in die Natur zurückkehrt, ist noch nicht Schluss. Dann sind wir Natur, Atome und so. So haben wir alle mal angefangen. Das Ende ist nichts anderes als ein neuer Anfang auch wenn wir damit erstmal nicht so viel anfangen können.

Vom Glück und dass es euch ganz von selbst finden wird

Man könnte fast meinen, es wäre das Beste, gar nicht erst geboren zu sein. Oder auch gezeugt. Und manch einer von euch glaubt vielleicht sogar, das Leben ist Scheiße. Ich sag euch was, kacken muss jeder. Und das heißt noch lange nicht, dass Scheiße lebt. Ist doch Quatsch. (Entschuldigung übrigens für die harten Worte, aber ich schreib nun mal so, wie mir der Nabel gewachsen ist.)

Ich glaube, ihr wisst einfach nicht, was ihr wollt. Auch wenn wir alle mal als zwei Zellen angefangen haben, dann müssen wir doch nicht die ganze Zeit gespaltene Persönlichkeiten bleiben. Findet einfach mal den Unterschied zwischen Wohlstand und Wohlfühlen raus, dann ist euch schon ganz schön geholfen.

Denn auf das Glück könnt ihr lange warten. Es ist mal da und dann ist es auch wieder weg. Es wäre kein Glück, wenn es immer da wäre. So ist es auch gut, wenn es mal weg ist. Denn es ist ja nicht weit weg. Es ist fast schon wieder da. Und wenn man es mal verpasst, dann ist es gar nicht so schlimm.

Ihr braucht es gar nicht zu suchen, denn es wird euch ganz von selbst finden. Ich glaube fast, es steckt in euch drin. In Muttis Bauch habe ich jedenfalls 'ne Menge davon gefunden. Und ich habe drin gebadet. Das war ein Spaß!

Vom Baden und wie aus kleinen Fischen große Tiere werden

Es macht eben Laune, einfach nur ganz nackt rumzuplanschen. Das ist wie fliegen und schwimmen zugleich und Mutti passt noch auf, dass es immer schön warm ist. Man muss gar nicht in Schampus baden, ein bisschen Fruchtwasser reicht voll aus. Genau genommen, ist da ja auch nix anderes als Saft. (Warum ihr das gute Zeug bei der Geburt einfach so wegschüttet, verstehe ich bis heute nicht.) Auch wenn es in so 'ner Gebärmutti ziemlich eng ist, für 'n Bad und 'ne Massage genügt es allemal. Und man braucht sich nicht mal selbst den Bauch zu kraulen, das geht alles hydraulisch. Als hätte jemand ein Wasserbett um mich rum gebaut.

Es ist genau so schön wie im Weltraum und fast so beeindruckend wie eine Seifenblase, die nie kaputt geht. Lasst einfach mal einen Drachen an 'ner Nabelschnur steigen und fragt ihn, wie ihm das gefällt. Und wenn ihr euch dazu noch vorstellt, wie es ist, wenn man seinen ganzen Körper gleichzeitig am Rand des Universums reibt, dann kriegt ihr vielleicht 'ne ganz kleine Ahnung davon, wie schön das ist. Da kann sich die Erde noch so um die Sonne drehen, ihr glaubt gar nicht, wie prima das ist, wenn man sich um sich selbst dreht und dabei fühlt, dass dazu noch allerlei liebe Gedanken um einen rum kreisen. Und wenn man genau hinhört, dann kann man sogar ein paar Buckelwale hören.

Aber wahrscheinlich ist das gar nicht so eure Sache. Man sieht's euch ja an, ihr werdet vom Baden ganz schrumpelig. Wie sollen da bloß aus kleinen Fischen große Tiere werden?

Von Spiegeln und Schlipsen, die bunt im Kopf machen

Möglicherweise schrumpelt ihr ja einfach nur aus Scham, weil ihr beim Baden nackt seid. Vielleicht ist das ja auch der Grund, warum ihr uns bei der Geburt gleich was anziehen müßt. Ihr guckt euch die Nackedeis wahrscheinlich lieber im Film oder auf Fotos an. Das versteh mal einer.

Ich hatte jedenfalls kein Problem damit, Mutti immer nur nackt zu sehen, egal, ob sie was angezogen hat oder nicht. Aber von drinnen sieht das alles ja vielleicht auch ganz anders aus. Zugegeben, ziemlich dunkel war es auch, da gab's nicht viel zu sehen. Na ja, und Farben konnte ich sowieso noch nicht unterscheiden.

Jetzt hab ich's. Ihr habt die Klamotten nur erfunden, weil ihr auch so bunt aussehen wollt, wie die Welt um euch rum. Wahrscheinlich glaubt ihr sogar, Kleider machen Leutings. Stimmt aber nicht, solange sie nicht irgendwo wachsen, müssen sie von Leutings gemacht werden. Da könnt ihr euch noch so vor den Spiegel stellen, ihr seht ja doch alles verkehrt rum. Nur gut, dass ich nicht auch einen hatte, der mir den Kopf verdreht. Mal ganz ehrlich, ich habe gar keinen Spiegel gebraucht. Ich musste ja nur mir selbst gefallen, wenn ich schon keine Ahnung davon hatte, wie ich eurer Meinung nach auszusehen hätte. Da frage ich mich wirklich, woher ihr überhaupt den Anspruch nehmt, bestimmen zu wollen, was normal ist und was nicht. Wir sind doch alle anders, vielleicht solltet ihr ja doch hin und wieder mal in den Spiegel schauen.

Wie dem auch sei, schnürt euch nur weiter mit 'nem Schlips den Kopf ab. Ist gut für's Gehirn. Und es macht schön bunt im Kopf. Keine Sorge, bei dem Wind, den ihr macht, wird euch die Puste schon nicht so bald ausgehen.

Von einem kühnen Gedanken, bei dem ich mir fast den Nabel verbrannt hätte

Jetzt bleibt mir fast selber die Luft weg und ich trau's mich kaum zu sagen. Kann es vielleicht sein, dass ihr nicht nackt rumlaufen möchtet, weil ihr euch dann nix mehr in die Taschen stecken könnt? Das wäre dann wohl das Ende der Politik. Dann zieht euch schon mal warm an. Ich will ja nicht, dass eure Wirtschaft zugrunde geht. Da hätte ich mir doch fast den Nabel verbrannt...

Vom Recht und dass man recht alt werden muss, damit einem ein Platz angeboten wird

Interessant ist das schon. Ich muss mal gucken, ob ich dazu nicht noch 'n altes Gedächtnisprotokoll finde. Aber ich will ja auch nicht gleich nach meiner Geburt wieder eingesperrt werden. Es reicht ja nicht, sich im Recht zu fühlen. Selbst wenn man recht hat, muss man erst noch welches bekommen. Fragt mich nicht warum, zum Glück bin ich ja noch keine juristische Persönlichkeit.

Und vom Recht weiß ich nicht viel mehr, als dass man recht alt werden muss, damit einem nochmal ein Platz angeboten wird. Bis dahin kann man nie so recht wissen, ob einem mal 'ne hübsche Kette um den Hals oder 'ne ganz schwere um die Hände und Füße gelegt wird. Aber so seid ihr eben, dem einen klopft ihr auf die Schulter und dem andern haut ihr auf den Kopf.

Als ob man da nicht auch mal Kompromisse machen könnte. Zugegeben, Kompromisse sind nix anderes, als wenn unsereins am Daumen lutscht. Es ist nicht wirklich das, was man will. Aber es ist noch das Beste von dem, was man gerade kriegen kann. Na ja, vielleicht kriegt ihr euch ja auch noch mal ein.

Von der Idee, die Welt bunt anzumalen

Ihr könnt ganz schön feindselig sein. Und selbst für die schlechteste Tat fallen euch noch tausend gute Gründe ein. Ausreden habt ihr genug, was euch fehlt, ist 'n bisschen mehr Sinn für Verantwortung. Das heißt auch, Antwort zu geben. Dann frag ich doch gleich mal, ob euch vielleicht ein Ungeborener einfällt, der schon mal einen Streit angefangen hat. Na? War wohl nix.

Also denkt bloß nicht, wir sind blöd, nur weil wir euch nicht verstehen und alles das hinkriegen, was ihr so könnt. Wir können nun mal keine Kriege führen. Na und? Dann ist eben Frieden. Und wenn keiner mit 'nem Krieg anfängt, dann bleibt's auch so. Kann man doch drüber reden. Worte allein reichen zwar nicht, doch sie sind ein Anfang. Man kann sogar einen großen Satz mit ihnen machen, um euch auf die Sprünge zu helfen: Ihr braucht die Welt nur bunt anzumalen, dann glauben alle, sie wäre ein Kindergarten und keiner würde sie angreifen.

Wäre schön, wenn sich das bei euch mal rumsprechen würde. Ein guter Gedanke, mäßig genossen, kann auch in großen Mengen nicht schädlich sein.

Von drei Wünschen, wobei der dritte ohne die ersten beiden nicht viel taugt

Bei der Gelegenheit verrate ich euch gleich mal meine drei Wünsche, so ich welche frei hätte: Frieden, überall und für immer, eine saubere Umwelt, überall und für immer. Mein dritter Wunsch wäre, ein Kind zu gebären. Dies wäre mein dritter Wunsch. Zugegeben, ich bin ein

56

Träumling. Aber wer ist schon sein eigenes Wunschkind?

Von der Gefahr, der Gefahr aus dem Wege zu gehen

Da liegt nun so manches im Argen und ihr tut fast so, als könne man da nicht viel machen. Dabei ist es doch das Volk, was über Erfolg und Misserfolg entscheidet. Ich glaube gar, ihr seid eine Gefahr für euch selbst und für andere. Dieser Gefahr aus dem Wege zu gehen, würde bedeuten, euch allen aus dem Wege zu gehen. Darin liegt die Gefahr.

Wie soll man sich da noch auf seine Geburt freuen? Dabei braucht ihr doch nur 'n bisschen näher zusammenrücken, dann kann sich die Angst nicht mehr so breit machen. Und wenn ihr euch zwischendurch auch mal bückt, so würde euch das gewiss nicht schaden. Dann seid ihr nämlich näher dran an der Erde und an uns Kindern auch.

Statt dessen irrt ihr lieber auf der Erde umher, ohne zu bemerken, dass sie das Paradies ist. Das ist euer eigentlicher Irrtum. Und unsereins muss euch Irren noch dankbar dafür sein, dass ihr nicht noch schlimmer drauf seid.

Wäre ich doch bloß in Muttis Bauch geblieben. Aber selbst das habt ihr mir nicht gegönnt. Es hilft doch nix, uns Kiddies auf die Welt zu bringen, damit wir's mal besser machen. Da müßt ihr schon bei euch selbst anfangen. Als könnte man sich in's Paradies poppen. Zu schön, um wahr zu sein.

Von der Wahrheit und dass sie nicht im Fernseher steckt

Mit der Wahrheit scheint ihr's ja ohnehin nicht so genau zu nehmen. Ich glaube fast, ihr geht ihr aus dem Weg, um sie besser ertragen zu können. Jedenfalls lasst ihr euch viel zu leicht von bunten Bildern beeindrucken. Das, was ihr für Wahrheit haltet, ist doch nix anderes als Wahrnehmungen, die auf euch wirken und damit bestenfalls ein Stück Wirklichkeit.

Ich glaube fast, ihr seid ein Opfer der Wahrscheinlichkeit. Egal was ihr auch tut, ihr merkt noch nicht mal, dass da irgendwelche Leutings die Strippen ziehen, um euch zu zeigen, wo's lang geht. Das ist sowas wie ein modernes Puppentheater, nur nennt man es jetzt Kabelfernsehen. (Bloß gut, dass ihr das mit 'ner Nabelschnur nicht auch schon hinkriegt.) Ihr glaubt doch nicht wirklich, dass die Welt so klein ist, dass sie ausgerechnet in einen Fernseher reinpasst. Gebt's zu, am liebsten würdet ihr sie euch einfach in die Tasche stecken. Nix als Dünnsinn nach Quoten.

Na ja, wer nix weiß, dem gefällt eben alles. Um so blöder das Programm ist, um so blöder werdet ihr davon und um so blöder wird wieder das Programm. Und ihr zergnügt euch weiter munter drauf los, ohne überhaupt zu ahnen, dass die Nähe beim Fernsehen das Nachsehen hat. Dabei kann man sich doch auch so prima miteinander unterhalten.

Ihr müßt ganz schön krank sein, dass ihr Maschinen dafür braucht, um euch unterhalten zu lassen. Ich hoffe nur, ihr kommt durch. Gute Besserung schon mal, auch im Namen der mehr als sechs Milliarden Weltwunder.

Von den Weibchen oder wie man einen Orgasmus nebst einem ganzen Leben vortäuscht

Wer etwas sucht, dem fehlt etwas. Doch das ist kein Fehler, finde ich. Schwieriger ist es wohl, etwas auszusuchen. Ich erzähl euch auch warum. Stellt euch nur mal vor, wie lange die Eltern schon brauchen, um einander zu finden und lieb zu haben.

Das Männel sucht nach einem Frauchen, dass zunächst einmal hübsch anzuschauen ist. Aber so richtig schön soll es meist auch wieder nicht sein, sonst hat das Männchen Angst, es könnte von anderen begehrt werden und davonlaufen. Es wäre nett, würde das Frauchen bei einem Blick oder gar Kuss verzückt erröten, zu sensibel sei es aber bitte auch wieder nicht. Im Bett hingegen möge es wild und einfallsreich sein, zärtliche Ergebenheit darf natürlich auch nicht fehlen. Zudem soll das Frauchen intelligent sein, aber auch blöd genug, um sich den Haushalt und unsereins Pflege andrehen zu lassen. Es soll mitreden aber bitte nicht das letzte Wort haben. Alles in allem ist das gesuchte Frauchen eine gleichberechtigte Partnerin, wobei das Männchen der Chef ist. Gar nicht so leicht zu finden.

Einen Orgasmus kann das Frauchen ja vielleicht noch vortäuschen, aber ein ganzes Leben?

Von den Männchen oder wie man ein Vorspiel nebst einem ganzen Leben vortäuscht

Andersrum ist es ähnlich. Das Männchen soll gut gebaut und möglichst wohlhabend sein, nur nicht zu attraktiv, um abgeworben zu werden. Beim Sex soll das Männel kraftvoll und stürmisch sein, aber auch ganz doll zärtlich. Es sei zudem selbstbewusst aber auch rücksichtsvoll und treu. Selbstverständlich muss es auch ehrlich sein, dabei Komplimente machen und nicht dauernd am Frauchen rummäkeln. Beruflich erfolgreich wäre auch schön, selbstverständlich mit jeder Menge Zeit für die Familie. Das Männel darf auch gern der Herr im Hause sein, aber die Familie geht vor.

Würde der Klapperstorch richtig funktionieren, bräuchte das Frauchen gar kein Männchen, denn für alles andere gibts ja noch die Selbsthilfegruppe. Könnte man glauben. Doch spätestens, wenn das Frauchen den Klapperstorch in der Selbsthilfegruppe trifft, wird es wieder nach einem Männchen suchen. Gar nicht so leicht zu finden.

Ein Vorspiel kann das Männchen ja vielleicht noch vortäuschen, aber ein ganzes Leben?

Vom Dilemma, Kompromisse zu machen

Da haben wir nun das Dilemma. Kein Wunder, dass es da ziemlich lange dauern kann, bis alle möglichen Kompromisse hingezaubert sind. Nun stellt euch bloß vor, wir Kiddies könnten uns unsere Oldies aussuchen. Ich erspar euch lieber die Aufzählung dessen, was uns gefällt und was nicht. Mit einem vorgetäuschten Vorspiel samt Orgasmus sind wir jedenfalls nicht zu beeindrucken.

Da würden wir euch lieber gleich losschicken, den Klapperstorch in seiner Gruppe zu besuchen. Und ihr müßtet euch wieder auf die Suche machen. Und das dauert und dauert und irgendwann seid ihr nicht mehr fit genug, um überhaupt noch ein Kind zu zeugen.

Tja, und weil wir nicht wollen, dass es soweit kommt, haben wir darauf verzichtet, unsere Eltern auszusuchen. Dann brauchen wir ihnen auch nix vortäuschen.

Vom Pullern und anderen Fragen der Gleichberechtigung

Verflixte Welt. Da hing mein Leben gerade noch an einem Samenfaden, da mach' ich mir schon Gedanken, wie's weitergehen soll. Dabei wusste ich noch gar nicht, dass ich mal zu denjenigen gehören würde, die im Stehen pinkeln können. Es soll ja auch welche geben, die ihr Leben lang in der embryonalen Hockstellung pullern müssen. Das ist wahrscheinlich so wie mit dem aufrechten Gang, alles eine Frage der Entwicklung.

Wie dem auch sei, spannend ist das schon mit euch Männchen und Weibchen. Die Männchen können überhaupt gar keine Kinder kriegen und müssen erstmal irgend'n Weibchen fragen, ob sie's nicht vielleicht mal eben stellvertretend mit erledigen würde. Soviel schon mal zur Gleichberechtigung.

Dafür möchte das Weibchen dann am liebsten geheiratet werden, umsonst gibt's da nix. Dabei weiß man doch gar nicht, wie man selbst in ein paar Jahren drauf sein wird und erst recht nicht, wie der andere sein wird. Das ist fast so wie ein Einverständnis, dass sich beide in die ähnliche Richtung entwickeln werden. Ich glaube vielmehr, es ist mehr noch ein Eingeständnis, dass beide auf ihre persönliche Entwicklung verzichten wollen. Es hat ganz schön lange gedauert, aber ich glaube, dass man heute auch einfach nur so Kinder kriegen kann, ohne sich gleich in Leibeigenschaft zu begeben.

Am einfachsten ist das, wenn man noch ziemlich jung ist. Denn mit zunehmendem Alter schwindet die Anziehungskraft. Schuld daran sind solche Gebrechen wie Falten und Orangenhaut, kurz: Schuld hat das Weibchen. Ich kann euch auch sagen warum.

Von Sachen, bei denen die Weibchen nicht so gut bei wegkommen, nebst Dank an Eva

Das mit der Orangenhaut ist höchstwahrscheinlich die Strafe dafür, dass Eva in den Appel gebissen hat, um Adam aus dem Paradies rauszuschmeißen. Die Falten hätten auch gar nicht sein müssen, wenn Eva nicht mit rausgeflogen wäre, um Adam weiter zu piesacken. Nun ging das aber nicht anders, sonst wären wir ja gleich ausgestorben. Also hat man sich was anderes einfallen lassen. Man hat Adam einen Sack verpasst mit so vielen Falten, dass sie fast für ein ganzes Leben reichen. Und weil Eva keinen Sack abbekommen hat, kriegt sie die Falten halt im Gesicht. Nun könnte man ja sagen, dass die Männchen eine Glatze bekommen. Das kommt nicht zuletzt auch davon, weil sie von den Weibchen so geärgert werden. Zur Strafe dafür wandern die ausgefallenen Haare dann an die Beine von den Weibchen. Denn ihr wisst ja, die Summe aller Haare ist gleich. Schönen Dank auch, Eva.

Vom Geschlecht und dass Blumen besser riechen

Vielleicht bin ich ja nicht ekeligent genug, aber ich verstehe immer noch nicht, was euch geschlechtlich anzieht. Da gibt es Blumen, die haben Blüten, an die kommt ihr beim besten Willen nicht ran mit dem, was ihr Geschlecht nennt. Die sehen einfach mal besser aus und, ich trau's mich kaum zu sagen, sie riechen auch besser.

Insgeheim gebt ihr's ja auch zu. Wozu sonst bestäubt ihr euch mit edlen Düften, lasst euch die Haut straffen und größere Möpse und längere Schwänze basteln? Seltsam ist nur, dass es keinen gibt, der sich ein bissel mehr Hirn hat einsetzen lassen.

Na ja, wenigstens habe ich rausgekriegt, warum Männer so fruchtig sind. Um jemanden zu befruchten, müssen sie sich selbst entfruchten. Denn auch die Summe der Früchte ist gleich. Und um sich zu entfruchten, müssen sie erstmal fruchtig sein.

Weibchen sind übrigens auch fruchtig. Entweder sie sind befruchtet oder sie wären's gern. Woher kommen sonst all die dicken Weibchen? Ich könnte wetten, sie täuschen eine Scheinschwangerschaft vor, auch wenn sie es niemals zugeben würden.

Von der Quälerei, den Faden zu verlieren

Zurück zum Geschlecht. Ein Klo ist nunmal kein großer Eierbecher, auch wenn es fast so aussieht. Und ein Eierbecher ist erstrecht kein kleines Klo. Irgendwie muss alles zueinander passen. Was das Geschlecht anbelangt, sieht es so aus, als wäre das Männchen ein umgedrehtes Weibchen, oder das Weibchen ein umgedrehtes Männchen. Da ist es kein Wunder, dass beide gut zueinander passen, auch wenn sie sonst mitunter schlecht miteinander können.

Der Rest ist dann ganz einfach, wie beim Auto fahren. Rein, hin & her, raus und fertig. Zugegeben, was ich nicht ganz verstehe, ist, dass ihr dabei so stöhnt und schreit. Scheint eine ganz schöne Quälerei zu sein, den Faden zu verlieren, an dem dann unser Leben hängt.

Wahrscheinlich lastet auf euch einfach nur das schwere Gewissen, jemanden ohne sein Einverständnis zum Leben zu nötigen. Dabei seid ihr doch fein raus. Bis wir gemerkt haben, was mit uns geschieht, ist es schon zu spät. Dann sind wir längst da und können nur noch hoffen, dass ihr auch wirklich wisst, was gut für uns ist. Ich bin mir da nicht immer so sicher, sehe mich aber angehalten, dies hier in Anbetracht eurer sexuellen Schmerzen nicht weiter zu formulieren. Als ob ich nicht wüßte, was gut für euch ist.

Von einem dicken Menschen, der zum Mond geschossen wird, das Ozonloch zu stopfen

Entwicklung ist mehr, als nur was auszuwickeln, ein Geschenk oder 'ne Windel oder so. Entwicklung ist selbst wie ein Geschenk, das man aber nur dann bekommt, wenn man auch was dafür tut. Sonst geht sie an einem vorbei und man selbst bleibt zurück. Oftmals ist das gar nicht so schlimm, wie es erstmal klingt. Denn es kommt ganz darauf an, wohin die Entwicklung will und welchen Weg man selbst gehen möchte.

Da gibt es ausgetretene Wege, auf denen man mit wenig Mühe gefahrlos über die Runden kommt. So scheint es. Denn gerade dort warten die Wegelagerer auf die breite Masse. Ich habe lange geglaubt, die breite Masse sei ein besonders dicker Mensch, aber das stimmt nicht. Damit meint man ganz viele Menschen. Aber auch Dicke werden dabei nicht verschont und ich warte schon auf den Tag, wo der erste dicke Mensch zum Mond geschossen wird, um das Ozonloch zu stopfen.

Also, die Wegelagerer versuchen dann, die ganzen Leutings vom Weg wegzulocken. Sie zeigen einfach in eine bestimmte Richtung und sagen, dorthin ginge der Trend. Dem müsse man hinterher laufen. Das ist dann fast wie ein Osterspaziergang, überall hat der Trend tolles Zeug versteckt. Nur, dass man das bezahlen muss und dass überall bunte Schilder aufgestellt sind, damit man die Sachen besser findet. Wenn alles ausverkauft ist, gibt es einen neuen Trend und man muss wieder in eine andere Richtung.

Ich persönlich habe noch keinen Trend gesehen, wahrscheinlich gehört er zu eurer Götterwelt. Und es würde mich auch nicht wundern, wenn die Sachen gar nicht von ihm versteckt worden sind. Na ja, spätestens wenn ihr pleite seid, will der Trend seltsamer Weise nichts mehr von euch wissen und ihr landet ganz fix wieder auf dem ausgetretenen Weg. Da habt ihr euch dann tüchtig einwickeln lassen. Aber ich wollte ja was von der Entwicklung erzählen.

Ja, es gibt dann noch Wege, die eigentlich gar keine sind. Die müssen erst noch geboren werden. Das kann jeder selbst tun, man braucht dazu nur in eine bestimmte Richtung zu gehen, wo vorher noch keiner war. Dort findet man die leckersten Früchte aber auch jede Menge Wurzeln, über die man stolpern kann. Und wenn man oft genug gestolpert ist und wieder aufgestanden, dann entsteht dort ein neuer Weg. Ein Weg, den man selbst gestaltet hat. Auch das ist Entwicklung. Wie dem auch sei, es ist schon seltsam, wohin es einen verschlägt, wenn man erst mal von der Nabelschnur gelassen wird.

Von der Liebe und wie man sie richtig lieb hat

Es gibt nun wirklich keinen Grund, dass alle etwas schön finden müssen. Aber gibt es nicht auch jede Menge Gründe, dass sich alle 'n bisschen mehr lieb haben? Also wir Krümel ekeln uns ja vor nix. Und darum finden wir auch überall schnell Freunde. Den Ekel habt ihr uns übergeholfen, ohne uns damit wirklich zu helfen. Wahrscheinlich wollt ihr einfach nur, dass wir gerade euch besonders doll liebhaben. Und unsere Namen habt ihr uns nicht nur gegeben, weil ihr Angst habt, uns zu verbummeln. Ich glaube fast, ihr habt Angst, uns zu verwechseln und dass der Falsche zuviel von eurer Liebe abbekommt. Dabei ist doch wirklich genug davon da.

Ihr müßt bloß aufpassen, sie nicht einfach wegzuschmeißen. Man zerlatscht doch auch keine Blumen oder verhaut Kinder. Es ist nun mal nicht gut, etwas zu verletzen, das man mag. Auch die Liebe nicht. Manchmal denke ich, ihr lauft der Liebe hinterher, als ob ihr wüßtet, sie noch vor euch zu haben. Aber vielleicht ist sie ja einfach um euch rum. Und ihr merkt es gar nicht und lauft vor ihr weg. Und um so schneller ihr versucht, ihr hinterherzulaufen, um so schwieriger wird es für die Liebe, euch jemals einzuholen.

Habt ihr sie dann doch mal gefunden, dann passt gut auf sie auf und seid auch lieb zu ihr. Denn Liebe wiederzufinden, ist genau so schwierig, wie sich nach dem Aufwachen an einen Traum zu erinnern. Also, wenn ich liebe, dann bin ich ein ganz wunderbarer Mensch. Und ich bin ein wunderlicher Mensch, wenn ich nicht liebe. Egal, ob ich liebe oder nicht, ich bin ein Wunder. Mutti und Vati haben das längst begriffen, drum haben sie mich auch so lieb. Und weil ich so auch ganz lieb habe, habe ich ihrem Leben einen ganz besonderen Sinn gegeben.

Vom Licht der Welt oder wie man meine Nabelschnur gegen einen Schatten austauscht

Ja, und irgendwann war es dann soweit. Mutti hat mächtig Druck gemacht und mich aus ihrem Bauch geschubst. Ich dachte schon, sie hätte mich direkt in die Sonne geworfen, so hell war es. Aber dann erfuhr ich, dies sei das Licht der Welt. Man begrüßte mich also mit einer Lüge, denn es war unschwer herauszufinden, dass es von der Sonne kam. Ich weiß noch, dass ich laut gerufen habe aber es wollte mich wohl keiner verstehen. Statt dessen standen viele Leute um

70

mich rum und nahmen mir gleich wieder was von dem Licht weg, das sie mir doch gerade erst gegeben haben.

Dann tauschte man schnell noch meine Nabelschnur gegen einen Schatten aus, den sollte ich nun für den Rest meines Lebens mit mir rumtragen. Da ahnte ich schon ganz leise, dass meine beste Zeit vorbei zu sein schien und zog es erstmal vor, ausgiebig zu schlafen.

Als ich wieder aufwachte, war mir ganz so, als ob ich noch träumte. Und ich merkte, wie schön es ist, wenn sich Traum und Wirklichkeit berühren. Nicht immer gelingt es, dabei zu sein. Aber man kann ja davon träumen.

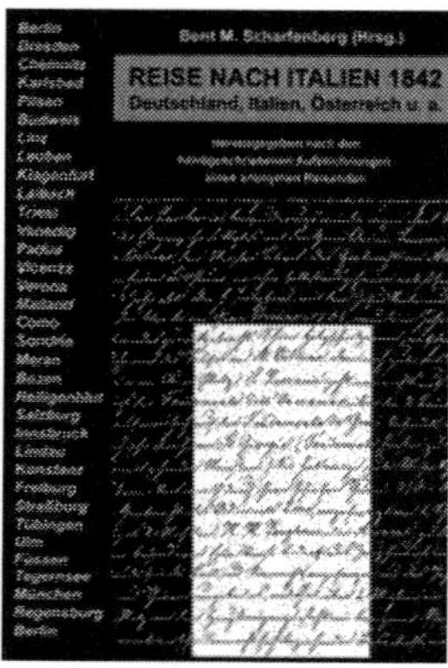

Bent M. Scharfenberg (Hrsg.)

REISE NACH ITALIEN 1842
Deutschland, Italien, Österreich u. a.

Herausgegeben nach den handgeschriebenen Aufzeichnungen eines anonymen Reisenden.

Dem Buch liegt ein handgeschriebenenes Reisetagebuch aus der Zeit vom 22.05.1842 bis zum 06.11.1842 zugrunde. Die Wanderung begann in Berlin und führte u. a. durch das heutige Deutschland, Tschechien, Kroatien, Italien und Österreich zurück nach Berlin.
Aufgezeichnet wurde die Reise von einem anonym gebliebenen Bäcker, der dem Manuskript den Vorzug verlieh, aus der Sicht des „einfachen Mannes" geschrieben zu sein. Zudem besticht es durch eine Ausführlichkeit in der Schilderung von Orten, Sehenswürdigkeiten und Erlebnissen, wie sie nur selten zu finden ist.

ISBN 3-8330-0722-2

Bent M. Scharfenberg (Hrsg.)

**REISE DURCH EUROPA 1779-1781
Deutschland, Holland, England, Belgien, Frank-
reich, Luxemburg und Schweiz**

Herausgegeben nach den handschriftlichen Aufzeichnungen eines Dieners des Herrn Otto Karl Friedrich Grafen
von Schulenburg.

Dem Buch liegt das Unikat eines handschriftlichen
Reisetagebuches zugrunde, welches eine Bildungsreise
des Herrn Otto Karl Friedrich Grafen von Schönburg in
den Jahren 1779 bis 1781 beschreibt.
Goethe hatte seine erste Italienreise noch vor sich und
Napoleon seine Pubertät. In Frankfurt am Main gab es
ganze 3.000 Häuser, wohingegen in London bereits 1.000
Lohnkutschen und 400 Portechaisen *[Sänften]* unterwegs
waren. Man fürchtete Kaperschiffe, hängte Brandstifter
in London und räderte Verbrecher in Paris.

ISBN 3-8330-0723-0

Bernhardine Schencke / Bent M. Scharfenberg (Hrsg.)

AUS MECKLENBURGS VORZEIT
Sagen - Geschichten - Aberglauben

Herausgegeben nach den handgeschriebenen Aufzeichnungen Bernhardine Schenckes aus dem Jahre 1895.

Dem Buch liegt das Unikat eines handschriftlichen Notizbuches zugrunde: „Aus Mecklenburgs Vorzeit- gesammelt und aufgeschrieben für Kind und Kindeskind von der 84jährigen Urgroßmutter Bernhardine Schencke. 1895.“

Wir erfahren von Räubern und Rittern, Feen und Hexen, von verborgenen Schätzen und von guten als auch bösen Geistern. Darüber hinaus begegnen uns Menschen mit ihren Sitten und Bräuchen aus vielen Orten der Region. Sie gewähren uns einen Einblick in ihr Leben und die Geschichte Mecklenburgs.

ISBN 3-8330-0724-9